KB079974

천연덕스런
아버지의 거짓말

천연덕스런
아버지의 거짓말

초판 1쇄 발행 2020년 7월 31일

지은이 김선우
발행처 예미
발행인 박진희

출판등록 2018년 5월 10일(제2018-000084호)

주소 경기도 고양시 일산서구 중앙로 1568 하성프라자 601호
전화 031)917-7279   **팩스** 031)918-3088
전자우편 yemmibooks@naver.com

ⓒ김선우, 2020

ISBN 979-11-89877-32-3   03810

이 도서의 국립중앙도서관 출판예정도서목록(CIP)은 서지정보유통지원시스템 홈페이지
(http://seoji.nl.go.kr)와 국가자료공동목록시스템(http://www.nl.go.kr/kolisnet)에서
이용하실 수 있습니다. (CIP제어번호 : CIP2020029852)

일상을 서정적으로 풀어낸 시골 경찰서장
김선우 총경의 행복한 사랑 이야기

천연덕스런
아버지의 거짓말

저자 우산(雨傘) 김선우

예미

영롱한 은빛 햇살이 쏟아지는 전라남도 강진만을 바라보며 이 시집을 탈고할 수 있어 참 좋습니다.

10여 년을 고민하던 끝에 내놓은 처녀작(處女作)이어서인지 출간이 결정된 후부터 얼마나 가슴이 설레던지요.

저는 인연에 대한 소중함을 중요하게 생각하기에 인물에 대한 서정적 표현을 즐기는 편입니다. 그러다 보니 특정 인물에 대한 시가 많습니다.

시는 누가 읽어도 감동을 서로 나누고 자신만의 상상의 날개를 펼칠 수 있도록 쉽게 써야 한다는 것이 저의 신념입니다.

이 시집을 내면서도 유명 문학평론가나 중견 시인의 평론을 받아 올려야 한다는 이들도 있었지만 제 시가 많이 부족하더라도 독자들이 평론가나 다른 작가가 내놓은 편견 속에 사로잡히는 것이 싫어 단호히 거절했습니다.

제 시를 통해 청소년들은 무한한 상상의 나래를 펼쳤으면 좋겠고 중년들은 과거를 돌아보며 잠시나마 자신만의 상상의 세계에 빠져들었으면 하는 바람입니다.

모쪼록 남쪽 마을 이곳 강진에서 시골 경찰서장으로 지역의 안전치안을 위해 살아오면서 사람의 중요성을 깨닫고 그것을 실천하고자 한 노력들이 정년을 2년여 남겨둔 저에게는 큰 행복입니다. 이 책을 읽으시는 모든 분들도 자신의 일에 가치를 되새기며 행복을 찾으시길 기원합니다.

고요한 탐진강이 흐르는 강진 땅에서
2020년 7월 김선우 올림

차례

| 제2부 |

제 1 부

엄마 품

어릴 적 이야기입니다.
큰 감자 하나를 손에 들고
닭장 앞에서
닭들을 놀리고 있었습니다.

대장 수탉 한 마리가
화가 났던지
붉은 벼슬을 치켜세운 채
달려들었습니다.

토방에 앉아 계시던
엄마 품속에 얼른 몸을 감추었습니다.

엄마! 울 엄마!
그 따뜻한 품이 너무 그립습니다.

가을 여행

세상에는 많은 사랑이 있습니다.
슬픈 사랑, 애 닳는 사랑, 가슴 미어지는 사랑
잠시라도 떨어지고 싶지 않은 천년이 하루 같은 사랑

그러나 나는 당신에게서 그런 사랑을 느끼지 못합니다
그것은 당신의 가슴이
내 가슴이기 때문입니다.

플라타너스가 오색으로 색칠해져 가는 이른 가을
당신이 옆에 있어
정말 정말 행복합니다.

차창 밖의 작은 포플러가 당신의 미소를 훔치고 있습니다.
길게 누운 고속도로,
줄지어 달리는 코스모스가 참 아름답네요

지금 이 순간,
우리가 함께하는 이 길이 끝이 없었으면 좋겠습니다.
기쁜 일도, 슬픈 일도 당신과 함께라면

내 마음은 늘 천국입니다.

길고도 짧은 가을 여행길에 느끼는
숨 쉴 수 없을 만큼 가슴 벅찬
빨주노초파남보 사랑
당신께 바칩니다.

왜이던가

왜이던가?
당신을 사랑한 게 왜이던가

웃기는 질문이군

어느샌가
잊고 있었던 당신의 미소가 참 이쁘구려

시작하고 한참 후에 알려 했건만

시작도 하기 전에
벌써 알면 안 되지 않소

당신의 소중함을

이사하던 날

덜컹덜컹 덮개 트럭 새집 입구 들어서고
덜덜덜 사다리차 14층 높다 않고 오르니
뒷짐 진 경비아저씨 잘 오셨다 인사하네

안방, 지훈이 방, 지은이 방
아직은 보내고 싶지 않은 기분 좋은 새집 냄새 넘치고
어설픈 서재 흉내에 거실 녀석 살짝 웃네

아내는 주방으로 베란다로 종종걸음 분주하고
내 걸음도 덩달아 이리저리 흔적 남기네
'여보, 당신은 가만히 있는 게 도와주는 거야'

하루폭풍 지나가고 어둑어둑 창문 열어 밖을 보니
오른쪽엔 반쪽달이 우릴 보고 활짝 웃고
왼쪽에선 맹꽁이들이 목청 높여 반기네

'여보 16년 만이지? 당신 그동안 고생했어'
'아니야 당신이 고생했어, 당신도 여기오니까 좋지? 그치?'
'어~ 참 좋네'

화장 지워진 환한 아내 얼굴 거실 가득 채우고
축 처졌던 내 어깨 줏대 없이 고개 드니
어느샌가 아내 손엔 홍삼차 두 잔 들려있네

'당신 정년퇴임 하면 한 번 더 해야겠지?'
'그러게, 그때는 어디로 가지?'
'당연히 애들 옆으로 가야지'

말, 말, 말,

말, 말, 말,
말이 많으면
실수가 많아집니다

말, 말, 말,
말이 많으면
추해집니다

말, 말, 말,
말이 많으면
믿음이 사라집니다

말, 말, 말,
말이 많으면
행동이 뒤따르지 못합니다

말, 말, 말,
말이 많으면
사람이 떠납니다

말, 말, 말

말이 많으면

흘러가는 흰 구름도 괴성을 지르는 먹구름이 됩니다

말, 말, 말

말이 많으면

저 평온한 바다 위 돛단배도 뒤엎습니다

말을 적게 하는 건

작은 씨앗이

상상 못 할 거목을 만드는 것과 같습니다.

울 엄마는 50년 전이나 지금이나

말, 말, 말

말을 조심하라 당부하십니다

울 엄마

아침 출근길
아스라한 안개 속을 달리는 차창 밖으로
불현듯 울 엄마의 얼굴이 보입니다.

어릴 적, 아주 어릴 적
몸 배 바지에 노란 적삼저고리 입으신 채
머리에 나무 가득 이시고
산비탈을 내려오시던 울 엄마.

소풍날이면
아들이 너무 좋아하던
계란반찬에 찰밥지어
노란 보자기에 바리바리 싸주시던
울 엄마.

철들기 시작한 아들
사람 잡는다는 공수부대 보내놓고
반은 살고 반은 죽은 채
하루를 1000일로 보내신
울 엄마.

당신 손잡고
40년 지난 남편무덤 찾을 때면
그저 우리 새끼들 살펴 달라
가슴으로 애원하며 태연히 울먹이는
울 엄마.

가끔, 아주 가끔
하루 다르게 커가는
손주 손녀 데리고 당신께 갈 때면
호주머니 쌈짓돈 두 손에 쥐여 주고
사랑한다 표현 어찌할 줄 모르고
그저 이쁘다 이쁘다 하시는
울 엄마.

엄마, 사랑하는 울 엄마
엄마를 생각하면
고마움과 감사함이 딜하다 못해
눈물이 말보다 먼저 앞을 가립니다.
내 세상 풍파 아무리 힘들다 한들
어찌 당신 풍파 비하리오.
차창 밖으로 흩어지는 가을 낙엽이
황금 길을 만듭니다.

올해는 당신 손 꼭 잡고
빨갛게 익어가는 이 길을 걷고 싶습니다.

엄마, 울 엄마
어제도 오늘도 내일도
당신은 내 가슴에 잠겨있는
빨주노초파남보 여인이기에
사랑합니다. 사랑합니다. 사랑합니다.

지금 이 순간

너무
먼 미래를 보지 마십시오

과거가 좋았기에
오늘이 좋듯

지금 이 순간,
오늘이 좋으면 내일도 좋습니다

내일이 좋으면
당연히 먼 미래도 좋습니다

그러니 지금 이 순간
죽음을 맞이하는 것처럼
최선을 다하십시오

제대(除隊)

10년 전
세상 태어나 처음 가본 곳, 경남 진주
18년을 키운 금쪽같은 내 아들

까까머리에 흰 마스크 씌우고 제대로 포옹 한번 못하고
무겁고 삭막하기만 한 바람이 쏟아지는,
사내들 냄새나는 연병장에 내려두고 돌아설 때
나는 죄인이었네, 아버지가 아니었네

남들은 군대 안 가려
이리저리 잘도 빠져 나가드만
내 새끼는 검정고시 통과하고
어린 티도 못 벗었는데 자원입대라니
언젠가는 가야 했지만 억울했네 억울했네

사랑하는 내 아내
수원 오는 내내 양 볼에 흐르는 뜨거운 눈물 연신 닦아내고
착한 아내 가슴에 못 박은 죄 어찌할 바 몰라
운전대 잡은 내 손모가지 힘만 들어가네

41년 전 나 군대 갈 때도 그리 갔는데
울 엄마 가슴 얼마나 아팠을까

설레는 2015년 7월 31일이 밝았네. 10시네
어느덧 의젓한 어른 되어 내 아들 내려오네
양주가 내려다보이는 작은 능선 레이다기지에서

6년 회한 가슴 안고 내 아들 내려오네
착하디착한 마음 쓸어안고 그것도 정(情)이라고
뒤 돌아보며 눈물짓네

아들 고생했네, 제대 축하해~
아내가 산(山)만한 아들 두 손 가득 안아주고
내 가슴도 다 큰 아들 오랫만에 안아보네
열여덟 소년이 스물넷 어른 되어 내 품에 돌아오니
하나님 감사합니다. 감사합니다.
내 아들 건강하게 다시 보내 주셔서

세상만사 정신없이 돌아가니
그것이 정답이라 여기고 나도 앞만 보고 달려왔네
이순(耳順)이 가까워지니 이제야 세상살이 조금은 알겠네
사랑하는 사람과 함께하는 행복, 무엇과 견주리

내 새끼들 언제든지 만져볼 수 있는 이 행복,
어디에 견주리

무엇에 비하리

그대 모습 볼 때면
고요한 정자(亭子) 아래 흐르는 시냇물 같고
맑은 하늘호수 보는 듯하다네

그대 미소 속에는
흘러가는 파란 구름 머물게 하고
세상 시름 하나 둘 풀어내는 기운 가졌다네

아무리 아름다운 꽃도 한철이고
봄이 가면 여름, 가을, 겨울이 오는 법인데
그대의 한결같은 푸르름은 무엇에 비하리

검붉은 석류 같은 그대의 지혜는
어렵고 힘들고 괴롭고 슬픔 가득한 이들에게
한여름 단비 같은 금빛 사랑으로 열매 맺으리

- 자신과 세상을 사랑하는 나의 진정한 아우를 그리며 -

맑은 영혼

가시덤불 속에서도
이름 모를 아름다운 꽃들이 피어납니다
모든 이들 가슴속에도
피어날 것을 준비하는 꽃망울을 갖고 있습니다

맑은 영혼

비바람이 몰아치던 날
험난한 가시덤불 속에서
아름답게 피어나는 꽃 한 송이를 지키기 위해

기꺼이 우산이 되어
스물네 시간을 지키는 그들이야말로
진정 세상에서 가장 맑은 영혼입니다

그들의 이름은 경찰입니다

눈꽃

여름비 흠뻑 젖은 채송화는
철도 아닌데 벌써 눈망울 반짝이고

천고마비 기다리는 코스모스는
나 좀 보란 듯 가느다란 목 힘주네.

일도창해(一到蒼海) 황진이는
군자(君子)의 덕 생명 삼던 벽계수 머물게 하고

이슬 머금은 촉촉한 달빛은
내달리던 길바람 마저 쉬어가게 하네.

그대는 아는가, 아는가,
그 많고 많은 세상 속 아름다움이

청순한 신부 앞에 놓인 우윳빛 눈꽃 빙수 같은
순덕이만 할까나......

천사

먼 먼 옛날 옛적에
애기 천사 살았다네

순결한 하늘 뜻 전하고파
애기 천사 하루는 천일이었다네

푸른 날개 살포시 등 뒤에 감추고
은빛 잣나무에 생명 숨결 넣으니

세상 시름 부끄러운 듯 하나둘 구름으로 얼굴 가리고
바위틈 엉겅퀴 빼꼼히 고개 내밀었지

먼 옛날 오늘 되어
애기 천사 다시 보았는데

그대로 하루가 천일이네
현주야 영원히 남아 줄거지? 애기천사로......

꽃비

어제는 꽃비가 내렸습니다.
오늘도 내립니다.

높이 올라 고향 가던 기러기 한 쌍
꽃비 향에 취해 감나무에 날개 접고

솔밭 사이 말똥가리 조롱이와 친구 되니
엉거주춤 담을 넘던 호박잎 고개를 처듭니다.

앞만 보고 달리던 긴 터널이 잠시 숨을 고르고
회색빛 콘크리트마저 쾨쾨한 냄새를 삼킵니다.

스쳐 가는 무색무취 얼굴들에 무지개가 내려앉고
영혼 없던 상자 속엔 천상(天上) 미소가 넘칩니다.

오늘도 내립니다. 꽃비가,
내일도 내릴 겁니다. 미영표 꽃비가...

들꽃

우리가 어디서 만났을까?
제주 밤바다였나?

아니야, 강릉 오죽헌이었던 것 같애
그것도 아닌데...

그럼 어디지?
애버랜드 사파리에서였나?

아니면 신선이 머물렀던 감악산이었나?
어디지?

아~ 맞아
폭풍우가 몰아치고 가시덤불이 우거진 거친 황야였지?

가느다란 들꽃들이 피어나고 있었어
자네는 하얀 숨결을 불어 넣고 있었지

나는 들었어, 들꽃들의 속삭임을
'재희님 감사해요, 당신의 숨결은 참 달콤하답니다.

태초

가느다란 기타 줄이 울 때면
거친 광야는 숨을 죽이고

까만 안경에 부드러운 손길이 스치면
성난 구름도 두 쪽으로 갈라진다.

세상 품은 해맑은 미소는
햇살마저 수줍게 하고

첫 세상을 담은 아지랑이 눈빛은
나뭇가지에 살포시 내려앉은 솜사탕을 녹인다.

태초(太初)를 품에 안은 그대, 동균!
영광이라네, 자네와 한 시대를 풍미할 수 있어......

이슬

앵두는 봄볕에서 아롱지고
자두는 연두색 안개 속에 영롱하다.

잿빛에 물들어 영혼 없는 눈물 머금은 군상(群像)들......
차갑게 내려앉은 두 개의 철로 위에 몸 누이고
밀려오는 광풍 그대로 안는다.

이를 어찌할꼬, 이를 어찌할꼬......

가느다란 손길하나 떨림으로 다가가
저 깊은 심연 속 순결을 깨우니

이제야 대지에 내려앉은 맑은 이슬 되는구나.
로고스가 일어나 영혼 담긴 파란 이슬 되는구나.

세상은 부르고 기억하리
그 손길이 김봉주였다고......

선물

아가야,
오늘 아빠는
하늘나라에서 존귀한 선물을 받았단다.
둥근달이 미소 짓고
영롱한 별들이 쏟아지던 새하얀 새벽이었단다.

사랑스런 아가야,
너의 모습이 얼마나 궁금했던지
이백칠십 일간 하늘나라를 헤매는 꿈을 꾸었단다.
너를 만날 생각에
육천사백 시간을 두근거림으로 지냈단다.

가슴 애리도록 예쁜 아가야,
엄마 아빠는 마음에 드니?
너의 우렁찬 울음소리가 희망이 되었구나.
너의 오물거리는 얇은 입술은 행복이 되었구나.
너의 앙증맞은 몸짓은 기쁨이 되었구나.

세상을 사랑하게 될 아름나운 아가야,

모두들 세상은 험난하다고 말하지만
그것은 거짓말이란다.
모두들 세상은 힘들다고 말하지만
그것도 거짓말이란다.

너로 인해 세상은 더욱 밝아지고 행복해질 거야.
아빠가 꼭 지켜줄게.
세상을 향해
너의 넓은 날개를 마음껏 펼쳐보렴

아내

어렸을 때는
아버지가 장에 가서서 고무신만 사 오셔도
자랑할 곳이 많았습니다
그런데
어른이 되고 나니 자랑할 곳이 없습니다.

좋은 집을 한 채 샀습니다
자랑할 곳이 없습니다

이번에 과장으로 승진을 했습니다
자랑할 곳이 없습니다

세상 다 얻은 것 같은 손주가 생겼습니다
자랑할 곳이 없습니다

잘난 체 한다고 하기 때문입니다
허세 떤다고 하기 때문입니다

그런데

맘껏 자랑해도

아무 말 없이 받아주는 사람이 있습니다.

아내, 아내입니다

바람

바람이 붑니다
나무가 흔들립니다

세찬 바람이 불어도
뿌리 튼튼하면
가지는 흔들릴망정
뽑히진 않습니다

살다 보면
종종 모진 바람들이 붑니다
내 행복을 깨트릴 것 같은
성난 바람도 있습니다

하지만 중심이 있으면
어느 바람도
내 행복을 깨트리지 못합니다

"사랑하는 내 아들, 딸들아
바람이 좀 분다고 겁내지 말거라"

어릴 적부터

울 엄마는 늘 이러십니다

천연덕스런 아버지의 거짓말

백아산 자락,
아버지 땔감을 줍고, 나는 산딸기를 주워 먹는다
"너 실컷 먹고 동생들도 따다 주거라, 잉?"
나는 배를 먼저 채웠다

볼록한 바구니, 졸졸졸 졸졸졸
지게 뒤에 숨어
한 알, 두 알, 한 줌, 두 줌
동네 앞에서 다 훔쳤다

아버지의 지게는 호랑이처럼 걸어간다.
하품하는 바구니를 살핀 아버지
등 뒤, 눈물비가 오셨다.

아버지, 나뭇짐을 뒤뜰에 숨기신다.
빈 지게를 짊어진 아버지
오물조물 앉아 있는 동생들
오소리 새끼들처럼 얼굴을 내밀었다

아버지 두 팔로 우리를 품는다

"어이구 내 강아지들, 아부지 동네 마실 갔다 왔다"

천연덕스럽게 거짓말하신다

- 천연덕스런 아버지의 모습과 가족 -

아버지의 정신세계

50년 전 불타버린 새까만 까까머리 산
이십 만 원을 주고 만 평 남짓을 샀다
아버지는 포기 포기 나무를 심었다

돌아오는 50년 후에 내 아들에게 도움이 될 거라며
리기다소나무로 전봇대를 만들면 집안이 일어 날거야
가지치기를 세 번만 하면 더 이상 안 해도 꼿꼿하게 큰다
두 번 하시고 아버지는 위암으로 몸져누우셨다

"면서기 되거라" 그 한 마디 남기며
서른아홉 아내 두고, 오물조물 다섯 새끼 두고 떠나셨다

50년이 지난 지금 벌목꾼들이 그 나무 쓸모없으니
산 가꾸기 운동한다며 나무를 공짜로 베어가겠다 한다
다른 나무를 심어주겠다며 아침 밤으로 전화 온다
아름드리 나무가 빼곡한 그 산을 노리는 사람들이 많아
오늘 또 전화 소리가 귓전을 울린다

나무를 베어야 하는지 판단이 서지 않아
직장 동료 의견 듣고 싶어 함께 그곳 찾았다
함께 간 그 친구
쓸모없는 산이니 그대로 놔두고
대대로 물려주란다

아버지는 왜 쓸모없는 산을 물려주셨을까
어머니는 내심 아들이 나무 베어낼까 노심초사 시다
조용히 이불 얼굴까지 덮으신 채 누워 계신다

유산이 없다고 50년 동안 투덜거렸다
그때마다 울 엄마는 먼 산만 바라보신다
그 산은 돈이 되지 않아 영원히 팔지 않을 산이다

아버지 봉분에 절을 한다
그 산을 바라보고 있으면 정신이 번쩍 든다
나는 내 자식들에게 물려줄 산이 있다
아버지의 선비정신을 좇아 그 산에 오르고 싶다

아들의 변명

아침에 당신의 목소리를 들었습니다
아들의 목소리가 그리도 듣고 싶으셨는지요?
그리움 섞인 당신의 모습이 목소리로 전해집니다

아들은 무심케도 당신에게 한 통의 전화로 안부를 전합니다
빨간 카네이션을 몰래 사두고 수줍은 듯
당신 가슴에 달아드리던 어릴 적 설렘은 어디 갔나요

사랑하는 엄마!
세상살이의 어쩔 수 없음을 탓하며
당신의 가슴에 또 한 번 허전함을 남깁니다

그러나 어느덧 60줄에 들어선 아들의 모습
당신에게는 그리도 사랑하는 존재이기에
그 허전함 마저 뜨거운 용광로 속에 묻어 버리는...

사랑하는 울 엄마!
언제나 그 아름다운 모습 뵐 수 있을런지요

사랑한다는 것

어느 날 불현 듯
내 곁을 찾아온 소녀가 있습니다
청순함으로 미소 가득합니다
은빛 구두의 소녀는 천사였습니다

마치 백 년을 함께 한 것 같습니다
보고만 있어도 보랏빛 향기가 납니다
나누는 이야기 속에는 늘 진한 사랑이 묻어납니다
잠시 헤어짐도 내 마음은 애잔합니다

소녀와 함께 할 때면
같은 길을 바라보지 않아도 마음은 하나입니다
소녀는 바다를 좋아합니다
언젠가 손잡고 함께 갈 수 있겠지요

소녀와 함께 할 때면
사랑을 넘어 설레임 입니다
소녀는 손잡고 함께 걷는 걸 좋아합니다
함께 걷는 시간이 많았으면 좋겠습니다

소녀와 함께 할 때면

수국(水菊)과 금잔화가 입 마추는 놀라움입니다

소녀는 물소리와 새소리를 좋아합니다

두 손 꼭 잡고 천상 정원을

매일 매일 그리고 또 매일 걷고 싶습니다

사랑한다는 게 이런 것인가 봅니다

공수부대 입영 이야기

아버지 마흔여덟 흰옷 입고
어머니 날품팔이에 해지지 않았다

광주에서 신문 돌리다 담벽에 붙은 물체에 혼이 빠졌다
'공수대원 모집'에 '해외유학 가능'에 눈이 휘둥그레졌다
열여덟 청년은 장롱에서 어머니 도장을 훔쳐 찍었다

잡풀을 뽑고 있는데 자전거를 탄 우체부가 다가왔다
"먼일인지 병무청에서 집이 아들한테 편지가 왔소"
"1981년 8월 5일 10시까지 서대전역 광장으로 집합"
"먼디 감추냐?"
"아무것도 아녀라"
"궁금한께 어디 한번 보자 잉"

어머니는 땅바닥에 철퍼덕 주저앉으셨다
"공수부대는 험악한 사람들만 가는 곳이라는디…"

동구밖에서 투박한 엄마 손이 내미는 쌈짓돈을
호주머니에 넣고 버스에 올랐다

논산에는 검은 베레모에 검은 선글라스
정글화를 신은 9척쯤 되는 두 사람

"지금부터 3초 내에 차에 오른다 실시!"

낙하산 타는 연습

낙하산 타기 훈련

"일만 이만 삼만…"
"악이다 깡이다"
등에는 주낙하산 앞에는 보조낙하산
머리에는 양철모

때 묻은 얼룩무늬 연병장에 팔자를 그렸다
지옥문의 첫 단계 팔자돌기
2m 뛰어내리고 구르기를 수천 번
9m 막타워에 오른다
검은 안경 쓴 인간이 싫어 뛰어내려야지

"애인 있습니까"
"없습니다"
"없으면 어머니 이름 세 번 복창한다. 실시!"
"어머니, 어머니, 어머니"
"뛰어"
"일만~ 이만~ 삼만~ "

"112번 교육생은 눈을 감았습니다, 다시 올라간다 실시!"

서른 번은 뛴 것 같다.
그런데 어느덧 눈이 감기지 않는다
나는 솟아오르는 땅을 볼 수 있다

첫 낙하산 타기

굉음 퍼지는 비행장
400m 창공을 올라
세상으로 뛰어내리는 첫 경험 날이다

비행기에 올랐다.
헛기침 소리
몸에 두르고 있는 낙하산
보조 낙하산, 배낭, 총, 헬멧 모두 40㎏

비행기 문 열리고 마스터 문 옆에 섰다
"모두 일어 섯, 고리 걸어, 장비 검사, 강하준비!"
숨이 멎는다
죽음이 엄습해 온다

"뛰어!"

비행기 밖으로 정신없이 몸을 날렸다
얼마나 지났을까?
몸이 편안해지고 상쾌한 공기가 코 끝을 자극한다

세상이 보인다
살았다. 정신이 들었다

떨어지고 있다
하필 돌들이 많은 자갈밭
발목이 부러지지 않으려면 착지를 잘해야 한다
수천 번 연습을 했건만 기억이 나질 않는다
다리가 부러질지도 모른다. 아니 죽을지도…

땅이 점점 나를 향해 치솟는다
본능적으로 테크라인을 힘껏 잡아당긴다
얼굴을 감쌌다. 그리고 그냥 눈을 감았다

다시 숨은 멎었고, 심장은 뛰기를 멈췄다

엄마가 보인다. 울 엄마가 보인다
양 볼이 타는듯한 알 수 없는 눈물이 흐른다

행복한 나그네

오랜 시간 어디를 헤매었을까
오랜 시간 누구를 찾고 있었을까
오랜 시간 무엇을 하고 있었을까

노란 아지랑이가 깊은 산야를 메운 긴 시간
우린 서로 어깨조차 스치지 못했어
아마 스치며 미소 지었다 해도 그냥 흘렸을 거야

28년의 세월
어려움도, 외롭고 힘든 일도 많았지
누군가 알아주었으면 하는 시간이었어
누군가 다가와 주었으면 하는 시간이었어
가느다란 숨결의 고목 잎새처럼
숨 쉬는 것마저 힘든 적도 있었어

그렇지만 이제 난 행복해
나를 지켜봐 주는 이가 있거든
누군가에게 큰 빛으로 기억되고 있거든
큰 백송(白松)이 될 수 있다는 것을 믿거든

그런데 이보다 더 행복이 뭔지 알아?

세상 단 하나, 내 영혼 승희가 있어서야

눈 시리도록 이쁜 내 분신(分身) 선경, 세아가 있어서야

그래서 난 지금 정말 정말 행복한 나그네야

- 힘들었던 시간을 가족과 함께 한 사랑하는 동생의 마음을 그리며 -

암소한마리 예찬

어이 친구, 이게 얼마 만인가?
반갑네그려, 많이 보고 싶었다네
오랜 추억 더듬으며
아스라이 사라져 가는 정과 설렘을 되찾는 곳

우리 한번 잘해보세, 힘내게나!
감사합니다. 더욱 분발하겠습니다
낙담한 후배 열정 되살려
세상 빛과 소금 만들어주는 스승 같은 선배 넘치는 곳

자네 요즘 사업 번창한다며?
열심히 하고 있네, 모두가 자네 덕분이지
상생하고 배려하는 군상(群像)들
어렵지만 함께 살아가는 법을 배우고 서로 나누는 곳

인생사 빨주노초파남보
세상사 희노애락오욕애(喜怒哀樂惡欲愛)
찐한 우정과 행복이 흐르는 그곳 암소한마리!
너야말로 강진사람, 아닌 사람, 가슴 울리는
큰 설렘이었구나

- 우정과 행복이 흐르는 강진 암소한마리 식당에서 -

월향(月香) 예찬

월출산아
월출산아

고달픈 군상(群像)
희노애락(喜怒哀樂) 달래주려

초록 정기 한 입담아
큰 숨 내 뿜으니

그 신비의 숨결이
월향에 스몄구나

- 최고의 녹차 장인이 운영하는 강진 월향 다원에서 -

행복감

와락

내 맘속에 몰려드는
벅찬 행복감

이만하면
내 삶도
참 괜찮아

괜찮아

다 괜찮아

나이 들면

나이 들면
지식과 경륜과 인격이
저절로 높아질 거라 생각하기 쉽지만
절대 그렇지 않습니다.

공부하고 고민하지 않으면
나이가 들수록 무식해지고
경륜은 추해지며
인격은 떨어집니다

절제하지 못하면
탐욕이 늘고
성찰하지 않으면
파렴치만 늡니다

나이는 그냥 먹지만
인간은 저절로 나아지지 않습니다.

상생

바다는
들어오는 물이
무슨 물이든
막지 않습니다.

태산은
쌓이는 흙이
어떤 흙이든
막지 않습니다,

하늘은
몰려오는 구름이
어떤 구름이든
막지 않습니다

그러니
바다와 태산과 하늘은
세상 어느 곳보다
다채롭고
상생하는 곳입니다.

우리네 짧디짧은 인생

좀 살고 좀 못 살면 어떻습니까

그저 함께 어우러져

사는 것이 인생이지요

시인이란

누군가를
미치도록 사랑해 본 적이 있나요?
그렇다면 당신은 이미 시인입니다

무언가에
가슴 설렘으로 취해 본 적이 있나요?
그렇다면 당신은 이미 시인입니다

어느 순간
가슴 먹먹한 고독이 밀려온 적이 있나요?
그렇다면 당신은 이미 시인입니다

노오랗게 물들어 바닥에 떨어진 낙엽을 보고
새로운 생명을 생각한다면
당신은 이미 시인입니다.

어느 날 갑자기 울 엄마가 보고 싶고
아내에게서 첫사랑이 느껴진다면
당신은 이미 시인입니다.

속 썩이는 자식이
그래도 이뻐 보인다면
당신은 이미 시인입니다.

슬픔이 슬픔으로 느껴지지 않고
이별이 이별로 느껴지지 않고
죽음이 죽음으로 느껴지지 않는다면
당신은 이미 시인입니다.

거울아 거울아

거울아, 거울아,

이 세상에서 누가 가장 행복하니?

거울이 대답했습니다.

'바로 당신입니다'

꿈

청년 시절의 솜사탕 같은 꿈은
대부분
이루어지지 않습니다

만일
그 꿈들이 모두 이루어진다면
세상은 멈출 겁니다

왜냐하면

청년 시절
청소부를 꿈꾸는 사람은
없으니까요

그대가 있어 자랑스럽다

때로는 낯선 사람이 있어
사는 즐거움 있나니

아버님 가르침을 잊지 못해
떳떳하고자, 부끄러운 일을 하지 않았느니
강진의 맑은 하늘, 밝은 바다가
부끄럽지 않노라

사람은 존귀하여라
주민이 힘들고 슬프고 외로울 때
그들의 곁을 지키고 돕는
따뜻한 지팡이가 되고자 살아왔느니
태고(太古) 이래 강진의 들판을 보듬는
탐진강이 부끄럽지 않노라

나라의 공복(公僕)이기에
아내의 출산도 지키지 못하는
못난 지아비의 바쁜 삶을 살았다지만
시를 쓰고 수필집을 펴냈으니

문무를 겸비한 김선우 총경이여

문화예술의 고장, 강진은

그대가 있어 부끄럽지 않노라

그대가 있어 자랑스럽노라

- 강진 남미륵사 법흥 주지 스님께서 주신 시(詩) -

법흥이여! 남미륵사여!

세계불교미륵대종 총본산 남미륵사
사방 곳곳 부처님 자비 구하고자 소문 따라 찾으니
속세 찌든 중생들 겸손한 해탈 돕고자
일주문(一柱門) 앞에 불이문(不二門) 세우고

가진이나 못 가진이나 배운이나 못 배운이나
고관대작이나 미관말직이나
모든 이에게 부처님 진리 전달코자 함이라

해탈문(解脫門) 지나니
어디선가 들려오는 부처님 말씀 귓전에 생생하고
법고는 세상 깨우는 석가모니의 중생 향한 응애로다
대웅전 천불전은 세상 포용 넓은 가슴 되고
용왕당은 슬픈 군상 눈물 닦아 주는구나

협로의 미로는 석굴 극락전으로 안내하고
명부전엔 부처님 맑은 미소 보이네
아미타부처님 좌불상은 세상천지 바라보며 손짓하고
아미타좌불상 동편에는 지장보살이

서편에는 십이간지 관세음보살이 세상 신음 들이마시니
뒤질세라 만불전 이만 삼천불은 세상 풍파 잠재우고
천불탑, 지장탑, 관음탑의 108불은 세상 기쁨 기도하네

법흥이여! 남미륵사여!
청명과 순수함으로 부처님 가르침 따르고
중생 평안과 자비 갈구하는 사람이 진정한 스님이라
중생 피곤함 먼저 달래고 평안 자비 실천하니

부처님은 그대에게 중생의 미혹함 깨우치고
번뇌의 미로를 안내하는 법력의 은총을 주었으니
그들 살피는 것이 법흥의 임무라

봄이면 천만 송이 철쭉은 붉은 자태를 뽐내고
아미타좌불상은 부처님 미소로 중생 품에 안고
빅토리아 연잎 곱게 피는 연못은 천상의 호수니
법흥의 40년 한 땀 한 땀 정성이 살아 숨 쉬는 곳

부처님 시험에 들어 천불상 훼손되고
내 몸 크게 다쳤다 해도
부처님 원망치 않고 자신 부족을 탓하며
정성으로 보살피고

내 몸은 부처님께 의지하며 법력으로 치유하니

무소유 그리고 나눔이 실천되는 곳, 남미륵사여!
법흥이 있어 부처님 자비 평화가 온 세상 감싸는구나

- 남미륵사 법흥 주지 스님께서 주신 시에 대한 답시(答詩) -

울지마

"아저씨, 매일 매일이 힘들어요"

"뭐가 그렇게 힘이 드는데?"

"공부하는 것두 힘들고, 학교생활도 힘들고, 집안도 어렵구..."

"하여튼 모든 게 다 힘들어여"

"하긴 요즘 고등학생들이 좀 힘들긴 하지"

"넘 힘들어서 울 때가 많아요, 어떡하죠?"

"그래? 문제에 대한 답을 찾고 싶은 거니?"

"네"

"직설적으로 말해도 돼?"

"네"

"좀 서운할 텐데"

"괜찮아요, 어차피 너무 울어서 그린 감정도 없어요"

"그럼 말할게"

"힘들다고 오늘 울면 내일이 되면 또 울 일이 생길 거야"

"열여덟 청춘이라서가 아니라 모든 이들의 인생이 그래"

"그러니 힘들다고 자꾸 울어 버릇 하지 마"

"내가 살아보니 세상은 울 일 보다 웃을 일이 많더라"

"자기 인생을 우는 인생으로 만드는 건 바보나 하는 짓이야"

젊은이들이여!

웃다 울다 보면
그리고
울다 웃다 보면
어느덧
찾아와 있는 것이 있답니다
사랑이랍니다

젊은이들이여!
우는 것 걱정 말고
원 없이 사랑해 보세요
세상이 참 아름답다는 걸
알게 될 거예요

산 너머

저 먼 산 너머에
행복이 있다고들 합니다

조금만 더 힘을 내
산을 넘자고 합니다

산을 넘고 또 넘었습니다

그런데 와보니 없네요
생각해 보았습니다

그리고
알았습니다

행복은
산 너머가 아니라

바로 내 앞에 있었다는 것을......

빌려 온 호미

어렸을 때 울 엄마는
밭일을 하실때 면
옆집에서 호미를 빌려오셨습니다

그리고 허리 구부려
한나절을 그렇게 일하시고
호미를 깨끗하게 씻어
제 손에 들려 돌려주었습니다.

가을 코스모스처럼 예쁜 내 아이들

때리지 마세요
존중해 주세요
소중히 하세요

내 자녀라 해도
내 것이 아니랍니다
하늘나라에서 잠시
빌려온 거랍니다

울 엄마는 늘

그렇게 말씀하셨습니다.

제
2
부

월출산의 충고

세상사 모두 안고
누가 죽은들 알 게 뭐야
세상이 변한들 알 게 뭐야

니들이 아무리 설치고 떠들어도
내가 보기엔 한 줌의 흙만도 못한 것들인데
어쩌자고 그리 아웅다웅 인지

내 어깨에 올라 세상 한번 바라보소
저절로 막힌 마음 트일게요
맘 비워지거들랑 세상에 내려가 서로 사랑하며 사소

내 어찌 이러겠소
여기서 바라보니
저 멀리 인간 세상 참으로 딱 하오

한 걸음 한 걸음
내가 뿜은 정기 받아
미움일랑 뽀얀 안개 속에 묻고 내려가소

아침

누가 나이 들면 잠이 없다 했던가
좋은 친구 좋은 술에
밤 가는 줄 몰랐더니
해가 중천 되어
아내 속삭임에 눈 비볐네
'아따 죽것다'

강진 예찬

짱뚱어 뛰노는 갈대숲은
탐진강 떠가는 뭉게구름 친구삼아
죽도, 가우도, 비라도, 까막섬은
강진만 지키는 초병이네

효령대군 발길 잡은 만덕산은
참 사랑 부르는 동백으로 가득하고
노을 꿈틀대는 마량은
은빛 전어들의 고장이라네

구름 벗 삼아 지나던 나그네
천상(天上) 풍경 구룡포에 넋을 잃으니
백일이 잠시요
천일이 하루네

백성 사랑 다산 숨결은
세상 군상(群像) 일깨우고
모란이 피기까지 영랑 지성은
맑은 서정을 노래하네

붉은 황톳빛 진한 솔향 나는
네 머물 곳 어디던가
나그네 걸음 멈추게 하는
이곳이 그곳일세

먼저 찾아야 할 것

살아야 할 이유가 있다면
삶이 아무리 고달프고 애잔해도
견뎌내는 길을 찾아냅니다

도전해야 할 이유가 있다면
좌절과 고통이 온 몸을 감싼다 해도
이겨 낼 방법을 찾아냅니다

산에 올라야 할 이유가 있다면
그 산이 동화 속 오르지 못할 산이라도
산에 오를 방법을 찾아냅니다

내 어려움을 이겨 내야 할 이유가 있다면
고통이 바늘 끝 찔림 같다 해도
어려움을 이겨 낼 방법을 찾아냅니다

그러니
무엇을 하든
살아야 할 이유, 해야 할 이유를
먼저 찾으십시오

산책길

올해는 수국 풍년입니다
가는 곳마다 수국(水菊) 천지네요
강진 이야기입니다.

지성의 상징 영랑생가에서
금곡사까지 이어지는 서민들의 행복 산책길
봄부터 피기 시작한 수국이
여름을 반기며까지 장관입니다

어떤 녀석은 눈부신 흰색을
어떤 녀석은 저녁노을 같은 붉은색을
어떤 녀석은 우주의 신비를 간직한 라일락색을
또 어떤 녀석은 조개 속살 같은 쉘핑크색을

또 어떤 녀석은 하늘을 닮고자 세루라인 블루색을
그 옆 녀석은 소녀의 마음을 훔치고자 루비레드색을
한 녀석은 모든 색 탐이나 빨주노초파남보

이른 새벽
일어나자마자 이 녀석들이 궁금합니다.

오늘도 여전히 작은 수박만한 머리를 서로 내밉니다
걷는 나를 고개 쳐들고 반깁니다
마치 쓰다듬어 달라는 듯

수국 사이로 금계국(金鷄菊) 녀석들이 보란 듯 고개를 내밉
니다
"니들은 향기도 없으면서 염치없이 머리만 크니"
"향기는 금계국 니들도 별로거든"
녀석들의 말다툼은 떠 오르는 여명을 맞이하며
어디에도 비할 수 없는 천상의 노래로 변합니다

경찰이란

어렵고 힘든 사람들과
평생을 같이해야 하는 직업
자기 절제와 양심을
지켜나가야 하는 직업

누가 알아주지 않아도
스물네 시간을 깨어 있어야 하는 직업
민주사회를 지키는
철학과 의지가 필요한 직업

돈과 권력을
늘 멀리 해야 하는 직업
가족보다는
국가와 국민이 먼저인 직업

안되는 줄 알면서도
소화기 하나 들고 불 속에 뛰어드는 직업
억울함에 바다에 뛰어든 이 구하고자
함께 몸 날리게 되는 직업

술주정꾼에게도
미소를 잃지 않아야 하는 직업
부모에게 내쫓겨진 아이들 보며
눈물을 머금어야 하는 직업

치매 어르신 산야(山野) 헤맬 때
같이 헤매야 하는 직업
강도가 휘두르는 칼에
나도 모르게 동료부터 밀치는 직업

그럼에도
더 높은 도덕성을 요구받는 직업

이들이야말로
진정 세상에서 가장 맑은 영혼입니다

오만과 편견

오만을 가지면
누구라도 나를 좋아할 수 없고
편견을 가지면
누구라도 남을 좋아할 수 없습니다

오만을 가지면
사랑은 오지 않고
편견을 가지면
사랑을 줄 수가 없습니다

오만을 가지면
친구가 나를 떠나고
편견을 가지면
내가 친구를 떠납니다

오만을 가지면
하던 일도 안 되고
편견을 가지면
어떤 일도 시작할 수 없습니다.

오만을 가지면

세상에 들을 음악은 하나 없고

편견을 가지면

세상 모든 음악은 쓰레기가 됩니다.

오만은 나를 강가에 멈추게 하고

편견은 망망대해에서 노 젓기를 멈추게 합니다

판도라 상자

누군가를 미치도록 사랑한다는 건

행복과 불행
두 판도라 상자를 얻는 것입니다.

어느 것을 열 것인지
어느 것을 열지 않을 것인지

결정은 오직 당신 몫입니다.

희한하게도

할 일이 없다고 걱정하지 마라
사람은 희한하게도 할 일이 없어지면
또 뭔가 가슴 뛰는 일이 생긴다

사랑이 떠났다고 걱정하지 마라
세상사 희한하게도 한 사랑이 떠나면
또 다른 솜사탕 같은 사랑이 찾아온다

앞차가 떠났다고 걱정하지 마라
희한하게도 조금만 기다리면
더 큰 행복 실은 버스가 온다

조용히 산천 깨우는 봄이 갔다고 서운해 마라
희한하게도 그 아름답던 봄이 떠나면
우주 만물 펄떡이는 여름이 온다

쏟아질 듯 별밤만 가슴 녹인다 생각 마라
희한하게도 억수 같은 소낙비 쏟아지면
내 가슴 미칠 듯 녹아내린다

오늘 가면 내일이 안 올 거라 걱정 마라

희한하게도 어김없이 여명은 기지개를 켜고

어제보다 더 찬란한 태양이 붉은 얼굴을 내민다

처음

엄마도 아빠도 처음이고
아들딸도 처음인지라
서로서로 익숙하지 않다네

어린이도 처음이고 청소년도 처음이고
청년도 처음이고 어른도 처음인지라
서로서로 부족한 점이 많다네

태어남도 처음이고 죽음도 처음이고
결혼도 처음이고 첫날밤도 처음인지라
서로서로 어찌할지 모른다네

첫 집 마련도 처음이고 첫 여행도 처음이고
바다도 처음이고 산도 처음인지라
서로서로 세상인심 모른다네

처음,
처음은 모두가 실수투성이고
익숙지 않고 서툴 수밖에 없다네

울 엄마는 입버릇처럼 늘 그러셨지
"실수했다고 실망하지 말고 또 나무라지 말고
그저 보듬어주고 아껴주며 살거라"

공간

우리는 우리가 속한 공간을 닮아 간다

정의로운 사람들 속에 있으면 정의로 물들고
편법 속에 있으면 편법에 물든다.

사기꾼 속에 있으면 사기꾼이 되어가고
도둑놈들 속에 있으면 도둑놈이 되어간다.

책 속에 있으면 책을 읽게 되고
기계 속에 있으면 기계를 다룬다.

노래방에 가면 노래를 부르게 되고
헬스장에 가면 아령이 손에 잡힌다

돈이 모이는 곳이면 돈을 벌게 되고
사람이 모이는 곳이면 인연이 생긴다

명상이 있는 곳은 영육(靈肉)의 건강을 가져다주고
도박과 술이 난무하면 타락을 가져온다

어느 공간에 몸담을지 늘 자신을 돌보는 것
여행길에서 뒤로 가는 열차를 타보는 것과 같다

본래

가시나무가 부드럽기를 바라지 마십시오.
가시나무는 본래 까칠합니다.

장미가 아름답기만 바라지 마십시오.
장미는 본래 가시를 지녔답니다.

강물이 고요하기만 바라지 마십시오.
강물은 본래 화를 감추고 있답니다.

책에서 좋은 지혜만 바라지 마십시오.
책은 본래 사람을 망치는 독도 숨기고 있답니다.

구름이 포근하기만 바라지 마십시오.
구름은 본래 괴성을 감추고 산답니다.

돈이 만병통치약이기를 바라지 마십시오.
돈은 본래 만병의 근원을 안고 있답니다.

울 엄마, 늘 부드러운 분이라 착각하지 마십시오
사람다움 없을 땐 장롱 위 회초리가 춤을 춘답니다

반갑다 우두봉아!

굽이굽이 열두 고개 넘으니
눈 부신 햇살 머금은 파란 들판
포근한 어머니 품 같은
월출산 바라보며 노닐고

은빛 뽐내는 아지랑이 사이로
고요히 흐르는 탐진강은
아버지 넓은 가슴 같은
강진만 품속으로 스미니

우두봉이여! 우두봉이여!
매일 아침 첫 여명(黎明)을 안은 채
인자(仁者)의 고향 강진 지키는 이가
바로 너였구나

전남생명과학고등학교 예찬

1937년
천년의 신비가 살아 숨 쉬는 청자골 강진에
자연과 인간의 행복을 추구하는 학교가 있었으니
그 이름 전남생명과학고등학교라

어떤 이는 고관대작(高官大爵)을 꿈꾸고
또 어떤 이는 대부호(大富豪)를 꿈꿀 때
이들의 가슴엔 자연과 사람이 함께 어우러져 살아가는
'친환경농업'을 새겼으니
그들의 인류애(人類愛)를 어디엔들 비교하랴

농업마이스터를 꿈꾸는 젊은 친구들이 모인 곳
사랑과 열정으로 모든 것을 내어주는 선생님들이 모인 곳
우리 새싹들의 능력을 믿어주는 학부모들이 모인 곳
소통과 협력으로 꿈나무를 지켜주는 지역사회가 함께하는 곳

청춘을 노래하는 녹색 바람이 학교를 감싸 안고
희망을 이야기하는 개나리가 파란 구름과 노래할 때
공작선인장이 고개 내밀어 지나가는 노란 향기에 미소 짓고
대엽풍란은 자기 찾는 발걸음 반가워 녹색 잎을 펼치네

251 그리고 75
이들이야말로 83년의 역사 속에 살아 숨 쉬는
인류 발전의 상징이요, 매일 매일이 변화의 상징이라

젊은이여! 젊은이여!
자신의 꿈을 펼쳐가는 친구들이 비상(飛上)을 준비하는
전남생명과학고등학교를 보라
독수리의 두 날개가 가르는 바람 소리가 들리지 않는가
세계 속으로 흘러가는 이들의 큰 기상이 보이지 않는가

- 강진에 위치한 친환경 농업 마이스터 고등학교 -

계룡산을 오르며

가느다란 계곡 사이로
불어오는 꿀맛 같은
산바람

어스름한 산안개 속에
드리운 음침한 빗소리

너 오랫만이다
달려드는 모깃떼

간간이 마주치는 알록달록
지친 나그네들의 반가운 인사
안녕하세요!

늙은 나무숲 사이에
잠시 몸을 누이니
가느다란 풀벌레 소리가

바위틈 촘촘히 숨어들어
비 젖은 가슴을 녹인다

서울역

꼭 이루고 싶은 꿈이 있습니다
귓전에서 울어대는 기적소리가
내 가슴을 철렁하게 합니다
움찔하는 가슴 가다듬고
그 속에 희망 새록새록 키워갑니다

절절히도 보고 싶은 사람이 있습니다
멀리 떠나
다시 못 올 사랑인 줄 알면서도 마냥 기다립니다
다시 찾아올 사랑을
설레임으로 기다립니다

날개 잃은 새들이 모여듭니다
잡초 같은 인생
무엇이 그리 대단해서 내 이곳에 왔던가
고난과 시련을 잊고
다시 한번 자신 찾아 길을 떠납니다

아픈 추억 고스란히 가슴에 묻고
이 길을 떠납니다

이름 모를 가수가 불러대는
노랫소리가 정겹기만 합니다
두 뺨에 흐르는 회한의 눈물이 온몸을 적십니다

하얀 어둠이 내린 지금
나는 홀로 이곳에 서 있습니다
희망과 절망, 사랑과 증오,
삶과 죽음을 이야기하는 곳
흔들리는 네온사인 보금자리 삼아
아픈 기억 지웁니다

멀리 군상(群像)들의 사연 실은 열차가
무거운 한숨 내 쉽니다

산(山) 이야기

산(山)
당신에게 산은 어떤 의미인가

어떻게든
꼭대기까지 올라가
양손을 높이 쳐들고
'야호'를 외쳐야
가슴이 시원해지는 대상인가

아름다움과
웅장함과
신비로움을 느끼고 싶은
설레임을 함께 나누고 싶은
감상의 대상인가

도시의 아침

아파트 숲 사이로
아침 태양이
수줍은 듯
고개를 내미는 모습이
참 귀엽네요

매일 찾아오는 아침이지만
새로운 시작의 매일은
늘
설레임입니다

오늘은
또 어떤 행복한 일이
나를
기다리고 있을까요

사랑하세요

사랑 앞에서는
아무리 완벽한 사람도
무너지는 건 시간문제

이성(異性)간 사랑만이 아닙니다
모든 세상 사랑이 그렇습니다.

누군가에게 무너지고 싶으세요
그럼 사랑하세요

누군가를 무너트리고 싶으세요
그럼 사랑하게 만드세요

누군가를 미치도록 미워하고 싶으세요
그럼 사랑하세요

그리고

누군가가 당신을 애절하게 기다리게 하고 싶은가요
그럼 사랑하게 만드세요

다산(茶山) 별곡

억울하다 억울하다
미어지는 아픈 가슴 부여잡고
땅끝 바다 맞닿은 강진 땅 들어서니

목마른 견공들마저 나를 피하고
속바람에 흩날리는 차가운 낙엽들만
다산(茶山) 반기네

불혹(不惑)도 안 된 젊디젊은 내 인생
천이백 길 유배라니
참으로 기막힌 노릇이구나

썩어 문드러져가는 마음 달랠 길 없어
골방에 틀어박혀 술로 친구 삼으니
하루가 만일(萬日)이네

우리 다산(茶山) 어찌할꼬 어찌할꼬
임금 향한 충정 속에
가슴앓이 서운함 만, 서운함 만 가득하네

없었던 일

깊은 산속

천년 된
대추나무가
날벼락을 맞아
쓰러졌다 해도

아무도
모른다면
그냥
없었던 일이다.

충고의 아이러니

"젊은이들이여
상상에 도전하라"

우리는 늘 그렇게 말합니다

그런데
그렇게 말해놓고

정작 도전하면
달가워하지 않습니다.

그냥
주어진 대로 살라 합니다.

경찰의 임무

경찰의 임무는

국민의 생명과
신체와
재산을 보호하는 것

국민의 앞에는
수식어가 없습니다

경찰을 좋아하는...
범죄를 저지르지 않은...
나라를 무던히도 사랑하는...
공부를 많이 한...

그 어떤 수식어도 없습니다.

그냥 '국민'입니다.

세상은 그런 것이다

한 달이 크면
한 달이 작다
세상은 그런 것이다.

잘사는 이가 있으면
못사는 이가 있다
세상은 그런 것이다

바다가 있으면
산이 있다
세상은 그런 것이다

흥겨운 노랫소리가 있는 곳이 있고
한 맺힌 곡(哭)이 있는 곳이 있다
세상은 그런 것이다

오르는 이가 있으면
내려오는 이가 있다
세상은 그런 것이다

푸른 잎을 노란 낙엽으로 물들이는 나무가 있고
푸른 잎으로 평생을 지키는 그런 나무도 있다
세상은 그런 것이다

떠나는 사랑이 있으면
오는 사랑도 있다
세상은 그런 것이다

비난

아내를 비난하면
그것은 이미 사랑이 아닙니다

자녀를 비난하면
그것은 이미 부모이길 포기한 것입니다

부모를 비난하면
그것은 이미 자식을 낳을 자격을 잃은 것입니다

직장 동료를 비난하면
그것은 이미 출근하고 싶은 직장을 잃은 것입니다

친구를 비난하면
그것은 이미 노후의 행복과는 거리가 멀어진 것입니다

자신을 비난하면
그것은 이미 자신의 인형에 바늘을 꽂고 있는 것입니다

상대가 누구든 비난하는 순간
그 속에 이미 사랑은 없습니다.

사람과 사람 사이에 사랑이 없다는 건 지옥입니다

누군가를 비난하면서
어쭙잖게 사랑한다는 말
함부로 하지 마십시오.

꿈길

누구나 꿈길을 가기를 원하지만
가끔은
꿈길이 아닌 희생 길을 들어설 때가 있습니다.

내가 가고자 했던 길이 아닌 길에 말입니다
하지만 그 길에서,
꿈길에서는 만나지 못했을
또 다른 세상을 만나게 됩니다

그러니 꿈길로만 가지 못한다고
희생 길을 가게 됐다고
너무 슬퍼하지 마세요

이런! 실수했네

"이런! 실수를 했네!"
"맞아, 넌 실수를 했어"

하지만
너무 자책하진 마

누구나 실수하며 살거든

다만 나이가 들어간다는 건
실수도 점점 줄어든다는 거야

그 말은 나이를 먹었으면
당연히 실수도 줄여야 한다는 말이지

살아있다는 것

살아있다는 건
아무것도 하지 않아도
그 자체로 자연스러운 창조야

마치 싱싱한 나무가 계절에 따라
온갖 옷을 갈아입는 것처럼
창조는 살아있는 그 자체로
자연스레 일어나거든

뭔가를 할 때
잘 그리고 잘 써야 한다는 생각을 버리고
그냥 쓰고 그려봐
그 자체로 창조야

새들은 창공을 날고
늑대는 울부짖고
귀뚜라미는 노래하지.

왜일까?

돈? 명예?

아니면 음반 계약이라도 생각하는 걸까?

아니야

그냥 살아있기에

날고 울부짖고 노래하는 거야

살아있다는 것은 그런 것이거든

어려운 때

누구나 어려운 시절이 있습니다.
누구나 어려운 일이 있습니다.

자신의 실수로 그런 때가 오기도 하지만
예기치 못한 환경의 변화로 찾아오기도 합니다.

지금 좀 잘 산다고
어려움에 처한 사람을 없신 여기지 마십시오
지금 좀 잘 나간다고
당신의 오만을 퍼트리지 마십시오

당신도 지금까지 오는 동안
어려운 때가 있었고
또 언제 다시
그런 어려운 일을 겪게 될지 모릅니다.

미소

울 엄마가 좋아하시는 음식이 뭐였지?

내 아내가 좋아하는 음식은?
내 자식이 좋아하는 음식은?
내 친구가 좋아하는 음식은?
내 직장 동료가 좋아하는 음식은?

음식은 쫙 꿰고 있으면서
그건 왜 모르고 있었을까?

당장 엄마의 미소를 떠올렸습니다.
그러니 보였습니다.

맞아 울 엄마는 이걸 좋아하시지
대봉을 살짝 말린 반 연시!

지금 당장
아내와 아들과 친구와 동료의
미소를 떠 올려 보세요

천국과 지옥

각박한 도시에 살면서도
천국(天國)처럼 사는 사람
옹달샘이 있는 천상마을에 살아도
지옥(地獄)처럼 사는 사람

어디서 사느냐보다
어떻게 사느냐가 중요해
주어진 것에 감사하며 살면
어디서 어떻게 살든
그곳이 천국이지

지금 너의 삶은
천국이니?
지옥이니?

이거 아니네

인생을
누군가는 쉽게 가고
누군가는 너무 어렵게 간다

아니어서 가보니 길이고
길이어서 가보니 길이 아니라네

작은 나무 그늘이 이렇게 소중할 줄이야
나를 가로막는 작은 흙탕물 구덩이가 이리 얄미울 때가
그렇지만 달리 보면 이리 이쁠 때가......

겨울도시

차가운 콘크리트 사이로 간간히 흩뿌리는 가는 눈발은
잔뜩 찌푸린 빌딩들의 거친 입김에 숨죽이고,

가로수 아래 널브러진 낙엽들은
식당 골목이 뿜어대는 쾨쾨한 국물 냄새에 몸이 젖는다

화려한 몸을 움츠린 채 줄지어 선 낯익은 간판들은
무표정하게 내달리는 수 많은 자동차 속에 묻히고

기적소리도 귀찮아 하품하며 달리는 전동차는
둔탁한 기계소리를 자장가 삼아 얼음장 선로에 몸을 기댄다

옷깃 여민 종종걸음을 멈추게 하는 빨간 신호등은
스모그로 눅눅해진 겨울 도시의 표상인 양 의연함을 뽐내고

네모난 가시덤불 속에 갇힌 군상(群像)들은
희망과 좌절을 노래하고 사랑과 증오를 즐긴다

잠 못 드는 밤

빼꼼하게 열린 커튼 사이로
얇은 하늘빛이 칠흑 같은 적막을 낚고 있을 때
나는 송장처럼 누워 검은 천정을 응시하고 있다
낯설지 않은 차가운 공기가 허벅지를 칼날로 에이듯 지나간다

몇 시나 됐을까?
고개를 돌려 뿌옇게 잠들어 있는 벽을 응시한다
째깍, 째깍, 째깍, 째깍 …,
느낌도 감정도 없는 시계소리
갑자기 청진기속 심장이 된 벽시계 소리가 허무함을 더한다

얼마나 지났을까?
허공을 방황하는 나를 본다
어둠 속에서 어색한 미소가 번진다
스산한 바람은 비웃듯 창가에서 기웃거리고
미친 듯 울부짖고 싶은 충동을 느낀다

소용돌이치는 용광로의 뜨거운 분노를 잠재울 무렵
아스라이 들려오는 긴 기적소리가 적막을 뚫고 지나간다

나는 오늘도 인생의 무표정을 되씹으며
검은 밤을 하얗게 보내고 있다